KB070996

푸른 야생의 탄천

박선하 시집

푸른 야생의 탄천

초판 1쇄   2018년 05월 23일

지은이   박선하
발행인   김재홍
디자인   지식공감
마케팅   이연실

발행처   도서출판 지식공감
브랜드   문학공감
등록번호   제396-2012-000018호
주소   경기도 고양시 일산동구 견달산로225번길 112
전화   02-3141-2700
팩스   02-322-3089
홈페이지   www.bookdaum.com

가격   10,000원
ISBN   979-11-5622-369-6 03810

CIP제어번호   CIP2018014243
이 도서의 국립중앙도서관 출판도서목록(CIP)은 서지정보유통지원시스템 홈페이지
(http://seoji.nl.go.kr)와 국가자료공동목록시스템(http://www.nl.go.kr/kolisnet)에서
이용하실 수 있습니다.

문학공감은 도서출판 지식공감의 인문교양 단행본 브랜드입니다.

푸른 야생의 탄천

박선하 시집

문학공감

　삼라만상 어느 것 하나 시의 소재가 되지 않는 것 없지마는 시의 특성이 사물의 모습을 있는 그대로 나타내기보다 함축된 시어詩語로 내재된 의미를 전하는데 있기에, 시제詩題, 형식, 운율, 주제 등 일련의 시적詩的 구성과정이 손쉽게 이루어지지 않고 시냇가에 흩어진 수많은 돌중에서 수석水石 찾듯 한다.

　시작詩作이 거듭될수록 숙련되어 시를 수월하게 쓸 것 같아도 오히려 시어의 반복을 피하고 참신한 시어를 찾는데 고심해야 하기에 시작 시간이 갈수록 길어지며 항상 새롭고 막막하게 다가선다.

상당수의 독자들은 시상詩想이 떠오르면 마치 누에고치에서 실 뽑듯 시가 쓰이는 것으로 생각하는데, 시작은 끊임없이 사물에 관심을 갖고, 적절한 의미를 부여하기 위해 고뇌하며, 수십 번의 퇴고를 거쳐 어렵게 이루어지는 것이다.

　이번 2집에서는 여행, 자연환경, 인간관계, 사회현상, 내면의 성찰, 지난날의 회한悔恨, 사랑스런 외손녀와의 교감交感 등 다양한 주제를 다루었고, 환경적 제약에 따른 사고의 경직성을 벗어나 독특한 시적 세계를 추구하려 했지만 기대에 미치지 못한 것 같아 아쉬움이 남는다.

2018년 初夏 탄천 기슭

박 선 하

차례

제2부

제3부

제 1 부

가면무도회

번화가繁華街 조류潮流 흐른다

가면 속 표정 감춘 군중
밀려왔다 쓸려가는 거리
종종걸음 말발굽 소리로 커져가고

가면무도회 열리는 도심
역할 없는 들러리 군중
전조등 조명 삼아 펼치는 군무群舞
일탈逸脫의 해방감 묻어나네

인연이라 여기기엔 너무 낯선
가면무도회 거리 벗어나
가로등 골목길 접어들자
제자리 찾아드는 길 잃은 영혼.

갈림길 선택

누군가 지나간 길
이정표 따라 걸어가면 되지만
아무도 가지 않은 새로운 길
운무雲霧 짙어 내키지 않는 발걸음
소소小小한 일상사日常事도
선택의 순간 연이어 마주하지만
삶의 길목마다 운명 가르는
관문關門 버티고 있네
갈림길 직면하여 내린 선택
최선이었다 자만했어도
가지 말아야 할 벼랑길이었고
최악의 선택이라 후회한 길
호젓한 오솔길이었다.

감질나는 비

먹구름 몰려온 하늘 억수 비 쏟아
목 타는 수목들 갈증 해소 바랐는데
창유리 적신 비 바쁜 듯 지나가네

난제難題들 산적山積한데
지난 일 들추다보면
한 걸음도 나아가지 못하고
감질나는 비같이 되지 않을지

과거는 또 다른 과거 불러오니
꼬인 실타래 매듭 풀어
짓눌린 이들 타는 가슴 적셔주는
억수 비 뿌려 주었으면.

강물

이 골 저 골 모여든
기질氣質 다른 냇물들
드넓은 가슴속 끌어안고서
고인 듯 머무른 듯
소리 없이 흐르는 강물

칠정七情의 번뇌 벗어나
부처의 반열班列 올라서
한점 미혹迷惑 없이
원래 정해진 그 길 따라
꼿꼿이 걸어가는 강물

멍하니 바라만 봐도
어느새 평온 깃드는 강물
그 모습 한없이 닮고 싶어
매번 가까이 다가서도
타고난 그릇 작아 닮을 수 없어라.

개구리 울음소리

개구리 울음소리 퍼져가는 도심 공원
시골 마을 찾아온 듯 정감 어리고
개구리 삼중창 울리는 논두렁길 추억
빛바랜 사진 되어 다가서네

낮 동안 쉼 없이 울어대던
매미 소리 잠잠해지면
밤늦도록 개구리 울음소리
온 마을 떠나갈듯 울려와
방문 걸어 잠겼는데

자동차 경적 잠들지 않는 도심
개구리 삼중창 끊임없이 울려와
창문 활짝 열고 귀 기울이니
한여름 밤 무더위 저만큼 물러가네.

거울

거울 속 역사 깃들어있다

보이는 건 언제나 지금 모습이지만
세월의 강 흐른 자취 어려
지난날 초상肖像 투영된다

멍울진 얼룩 쉼 없이 닦아도
마맛자국처럼 흔적 남아
벌거숭이로 다가서는 그때 아픔

성에 낀 거울 속 주름진 얼굴 너머
회한悔恨의 그림자 드리워진다.

걱정하고 원하는 만큼

걱정하는 만큼

낭떠러지 떨어지지 않고

원하는 만큼

하늘 높이 날아오르진 못한다.

격동의 시기

수성守城의 어설픈 바리케이드
거품 품은 공성攻城의 말발굽에
산산이 부서져 흩날린다

진보의 회오리바람 몰아쳐
보수의 깃발 찢겨져 나부끼고
개선행진곡 온 나라 울려 퍼지니
신세계 펼쳐진 듯 들뜬 이들 넘쳐나네

마술피리 이끌린 격동激動의 시기
한해 지나면 고인 물 되던 지난 역사
되풀이되지 않길 염원念願하는 탁발승
오늘도 한 끼 동냥 나서는구나!

결혼

강물 풀어져 실개천 적시더니
물안개 속 아련한 그대 모습
청사초롱 불 밝혀 들고
성큼성큼 다가서네

영롱한 별빛 그리도 쏟아지더니
실루엣 속 가려진 그녀 모습
꽃길 따라 고운 자태 드러내며
살금살금 걸어오네

마주보는 눈길 사랑이 넘실대고
홀로 보낸 날들 화로 품은 손길에
봄눈 녹듯 살포시 녹아드네

이제 포근한 보금자리
사랑과 존경으로 온기 가득하고
믿음과 격려로 폭풍우 헤쳐나가
언제나 행복의 샘물 솟아나리.

고요한 날들 이어졌으면

이제 격정激情의 회오리바람
휘말려 떠다니고 싶지 않다

숱한 난관難關 거치며
작아진 가슴 새가슴 되어
바람소리 거세도 움츠려들고
안식安息의 자리만 찾는다

도전의식 불쏘시개 오기傲氣의 깃발
빛바래 가슴 창고 한쪽 숨어있고
고동치던 심장 오랜 펌프질에
박동博動 소리 미약하다

질긴 인연의 고리 엉켜
폭풍우 내일 몰아칠 수 있어도
정자亭子 앉아 합죽선合竹扇 부치며
오늘이 내일인 것처럼 살았으면.

고향 집 부모님

버스 실어 날라 온 제수용품
밤새워 조리하고
하룻밤 자고 가는 자식들
고뿔들까 군불 지펴
방마다 아랫목 끓는다
조상님께 차례 지내고
세 아들 몫 챙기느라
비빔밥 한술 뜨는 어머님
손자들 눈 내려 즐거워해도
먼 길 가는 자식들 걱정에
귀경길 재촉한다
동구 밖 지나 돌아봐도
손 흔들고 계신 노쇠한 부모님
남겨두고 떠나는 가슴 언저리
코끝 찡한 찬바람 스쳐간다.

관악산 신선

화기火氣 품은 갓 쓴 명산
한남정맥 이은 경기 오악五嶽 관악산
기암괴석 즐비하고 녹음 우거져
등산객 품에 안고도 빈자리 넉넉하네

다정한 벗 동행하여
깃대봉 오르며 연주대 바라보니
임 계신 경복궁 바라보는 양녕대군
언뜻 보일듯하다 바람결에 사라지네

미세먼지 걷힌 청명한 하늘
수려秀麗한 풍경 넋 놓고 바라보다
자리 깔고 앉아 막걸리 한잔 나누니
관악산 신선이 따로 없구나.

국토종단

손 벌리면 닿을듯한 거리
어린이집 나서 집으로 가는 외손녀
국토종단 만큼 멀기만 해라

찬바람 불어 외할아버지
한 걸음이 바쁜데도
방금 들른 놀이터 뒷걸음쳐가고
비둘기 친구삼아 쫓아다니네

감언이설甘言利說, 사탕으로
왕고집 외손녀 느린 발걸음
현관문 이르게 해도 수문장 되어
애간장 태우는구나

엄마 손잡고 가는 아이
부러운 듯 바라보는 외손녀
안쓰러워 차가운 볼 만져주는
외할아버지 등 넘어 석양 지노라.

그날

가슴 미어지던 그날도

가슴 벅차오르던 그날도

세월의 무게 짓눌려 잊혀간다.

권금성

케이블카 타고 오른 권금성
속초 전경全景 아득히 펼쳐지고
공룡능선 철옹성처럼 둘러싸
천연요새 위용威容 갖추었다
서슬 퍼런 몽고군 진군進軍
말발굽 소리 지축地軸 흔들어도
권씨와 김씨 일족一族
바위산 정상에 권금성 쌓고
항전의지 굽히지 않았다
척박한 권금성 수호하며
충정忠貞의 불꽃 태운 선열들 함성
허공에 맴돌다 귓전 울려
하산 길 발걸음 쇠뭉치 매단듯하네.

그때 그러하였으면

그때 그러하였으면
이처럼 살아가지 않을 텐데
넋두리 늘어놓으면서도
지금 하지 않으면 또다시
후회할 일 눈길조차 주지 않네
눈앞에 닥치는 풍파
헤쳐 나가기도 버거운데
신기루 앞날 예견 쉬워라마는
놓친 물고기 아쉬워만 말고
여의주 품은 내일 위한
오늘 할 일 찾아봄이 어떠하리.

기대

그러리라 여긴 일 빗나가면
가슴속 담장 모퉁이 실금 가고
비수에 벤 듯 아리아리한 아픔

번번이 비껴간 기대 인한
실망의 탑 하늘 닿아도
망각의 늪 헤어나지 못해
다시 띄운 애드벌룬
바라봐도 먹구름 낀 하늘

콩알만큼 작은 기대
기대도 아닌 기대일지라도
엉그름진 가슴속 논바닥에
한 포기 모 심을 수 있다면
그 손 놓을 수 없으리.

까까머리 우정

까까머리 시절 친구들
낡은 사진첩 속 앉았다
세월의 수레 한참 구른
머리 위 흰 눈 내려서야
인연의 끈 이어졌네
인고忍苦의 날들 견뎌오느라
동안童顔은 간데없고
주름진 얼굴 되었어도
마주보는 가슴속 봄비 내리네
타임머신 타고 날아간
까까머리 시절 추억
한잔 술에 되살아나고
화롯불 곁에 둔 듯 끈끈한 우정
포근하게 안겨오네.

꿈속 바람이어라

얽히고설킨 그물 같은 이해관계
경우의 수 하도 많아 공통분모 대안
먹구름 속 갇혀 얼굴 내밀지 못하네

성문 걸어 잠근 기득권 내려놓고
더불어 오손도손 살자 해도
이해관계 첨예하여 해결의 실마리
보이지 않고 깊어지는 갈등의 골

차별 없는 평등사회 구호 외쳐도
능력 차이 불평등 파생되고
일자리 찾는 긴 줄 이어지니
파라다이스 꿈속 바람이어라.

나뭇잎 여정

뿌리뽑힐 것 같은 태풍
여린 가지에 동아줄 묶어
온몸으로 견디어 내고
고요한 아침 맞이한 나뭇잎

화상 입을 것 같은 뙤약볕
집성촌 이뤄 서로 그늘 지워주며
무성한 잎새 쉼터 만들어
더위 지친 이들 쉬어가게 한 나뭇잎

잔가지 휘어지도록 열매 맺고
청명한 하늘에 지난 여정 그려보며
바람결에 단풍 옷 휘날리는 나뭇잎

한두 잎 낙엽 되어 떨어지며
겨울 채비로 짧은 해 길게 보낸다.

근본

옷 바꿔 입으면

모습 달라보여도

근본까지 달라지진 않는다.

낙산사

관음진신 참배객 줄 잇는 낙산사
화마 할퀴어 지극불심 흩어진 자리
홀로 살아남은 노송 한 그루
옛 절집 떠오르게 한다

의상대 올라 동해 바라보니
막힌 가슴속 훤히 뚫리고
의상 대사 설법 소리
귓전에 맴도는듯하네

홍련암 가는 길
부처님 탄신일 맞이하여
축원 연등 수없이 걸려있고
자비로운 해수관음상
염화시중의 미소 번져가는구나.

남의 나라 일처럼

벼랑 끝 치닫는 날선 비방전誹謗戰
전운戰雲의 그림자 드리워도
돌부처 일상 미동微動조차 않네

고삐 풀려 날뛰는 망나니
섶을 지고 불구덩이 뛰어들까
바라보는 이방인들 가슴 조여도
남의 나라 일처럼 예사롭게 여기네

이제 한강의 기적 뿌리내려
전쟁의 상흔 잊을만한데
브레이크 고장 난 화약고
파국破局 치달아 절망감 엄습掩襲해도
도시민들 망각의 유전자 지닌듯하여라.

낯설지 않음은

농도濃度 옅은 수묵화 속 고을
회백색 건물 몸 낮춰 줄지어 있고
행인들 드문 오수午睡에 잠긴 거리
경적마저 들리지 않아 목소리 울린다

류큐 왕국의 영화榮華 사라진 변방
이민족 설움 퇴적층 쌓여
지천至賤으로 피어난 하와이 무궁화
조화弔花되어 전쟁의 상흔 보듬어준다

에메랄드 빛 바다 둘러싼
이국풍경異國風景 오키나와
제주도 찾은 듯 정겹게 여겨짐은
수난受難의 역사 서로 지녔음이려나.

내일은 오늘 모습 아니리

선뜻 보이지 않아도
제자리 꿈쩍 않는 먼 산
물길 따라 흘러가는 큰 내
어제 바라본 모습 오늘 아니 어다

떠나보냄에 애달픔 무뎌졌어도
세월의 퇴적층 짓눌려 핏기 잃은 자취
땅거미 진 산자락 속 빨려들면
가슴속 공허한 바람 스침을

석양빛 어둠 묻혀 희미해져도
탄천 가 홀로 날아오르는 왜가리
동짓달 긴 밤 보내야 하는 갈대
내일은 오늘 모습 아니리.

내일의 속삭임

여민 옷깃 속 파고드는 송곳바람
기원祈願의 화롯불 식지 않으면
더운 김 되어 언 하늘 퍼져 나가리

겨울비 내려 스산한 밤거리
무인도 홀로 남겨진 것 같아도
포기할 수 없는 간절함 있으면
정든 임 함께 돌담길 걷는듯하리

눈 덮인 갈대밭 우듬지 속
텃새들 지저귀는 소리
살에는 한파 밀어내듯
내일의 속삭임 귀 기울이면
날 선 풍파 저만큼 물러가리라.

놀이터 할아버지

손자 성화 못 이겨
놀이터 이끌려온 할아버지
아이들 노는 모습 관심 없고
먼 산만 바라보고 있구나

말동무 없는 놀이터
아낙네들 수다 소리 커져도
동네 벗들 어울려 지낸 시절
회상하는 듯 멍하니 앉아있네

아장아장 걷는 손자
애들 속 섞이지 못하고
찾아와 보채니 미끄럼 태워주는
할아버지 뒷모습
일상의 권태 묻어난다.

눈 내린 날

스케이트장 골목길
걸음마 뗀 아기들 넘쳐나
신음소리 끊이지 않는 응급실

헛바퀴 도는 차
담벼락 부딪혀 멈춰서
지하철역 달려가니
콩나물시루 속

설원 달리는 순록 무리
회상되는 눈 내린 날
빙판길 엉금걸음에 가려져
앨범 속 사장死藏 되네.

뉘우침의 거울

음지 없는 숲 없듯이

과오過誤 없는 인간 있으랴

지난 일 들추어 생채기 덧나게 하기보다

뉘우침의 거울에 비춰봄이 좋으리.

느긋함

살에는 겨울바람
대문 밖 저만큼 몰아내고
온기 품은 봄바람 맞이하고파도
때 되지 않으면 부질없는 바람일 뿐

한장 한장 쌓은 벽돌
비 맞고 바람 불어 허물어진 자리
다시 쌓아 검은 머리 파뿌리 되어서야
만리장성 제모습 갖추었네

서두른 토목공사 부실재해 불러오듯
양은냄비 결정 구멍 숭숭 뚫리니
시냇물에 느긋이 발 담그며
허리 굽은 노인처럼 걸어가세.

늙어가는 농촌

초가집 옹기종기 돌담 마을
전원주택단지로 얼굴 단장했어도
아이들 소리 끊긴 늙어가는 농촌
절집 찾은듯하여라

공들여 가꾸어 놓은 명소^{名所}
여느 관광지 못지않아도
찾아오는 길손 드문드문하여
졸고 있던 찻집 아줌마
개 짖는 소리에 빠끔히 고개 내미네

홀로 농촌 지키는 노인네들
먼 길 떠나면 골목길 울려 퍼지던
지팡이 소리마저 들리지 않으리.

늙은 치아

벼랑길 낙석인 양
늙은 치아 한 귀퉁이
떨어져 나간 잇몸 웅덩이
시리고 아려 치과 들렀더니
기계음 고막 찢을듯하고
타는 냄새 콧속 헤집어
지옥형벌 따로 없어라

허기진 뱃속 달래는
한술 때늦은 저녁 식사
식도락 즐거움 찾을 수 없고
치과 격투장 감금되어
뭇매 맞은 치아 더 아려와
진통제 한 알로 눈물 삭이노라.

달항아리

야성이 꿈틀거리는 자연
오롯이 품에 안은 듯
형식의 울타리 뛰어넘고
도공의 혼 아른거리는 달항아리

촌부의 꾸밈없는 모습인 양
일체의 장식 벗어던진
비대칭의 투박한 민낯에
휘영청 달 걸린 천의 얼굴

늘 그 자리 지키고 앉았어도
눈길 갈 때마다 다른 얼굴 내밀고
민초들 뿌리 깊은 애환 보듬어주는
대승적 포용력 깃들어 있으라.

담금질

비운만큼 넓어진 마음속 쉼터
욕심덩이 무너져 내린 자리
깃털 성긴 비둘기 둥지 튼다

놓으면 날아갈까 붙들고 앉았던
인연의 고리 끊어 책갈피 묻어두면
밀려오는 무위의 졸음

아쉬워 뒤돌아본 익숙한 자취
진화의 물살에 휩쓸려가고
앙상한 뼈대만 떠다니네

끝나지도 않고 뿌리칠 수도 없는
비우고 떠나보내는 담금질이여!

동장군

한랭전선 이끌고 남하南下한 동장군
칼바람 일으키며 말발굽 뒤섞인 자리
냉동고冷凍庫 되어가구나

동장군 기승氣勝부려도
설 제수용품 사야 하는 주부
가게마다 기웃대다 장바구니 반쯤 채워
혀 두른 재래시장 나서네

동장군 노여움 언제나 가시려나
서민들 가슴속 응어리 풀어주고
명절 분위기 모닥불 타오르듯 하게.

말하세요

사랑

말하지 않아도 느껴지지만

말하면 솜사탕처럼 부풀어 오른다.

동토의 입춘

언 땅 틈새 자라목 내밀던 봄
서슬 퍼런 한파 호령 소리에
열었던 사립문 다시 걸어 잠그네

쉼 없이 물 흘러 얼지 않은 탄천
제철 만난 오리떼 자맥질하고
우듬지 속 핏기없는 들고양이
횅댕그렁한 눈길에 봄의 염원 담겨있네

패션이 사라진 잿빛 동토
삭풍 속 꺼져가는 희망의 불씨
되살아나길 기원하는 도시민들
살얼음 입춘의 문턱 넘어가노라.

되돌릴 수 없는 길

앞만 보고 걸어온 해변
뒤돌아보니 지나온 발자국
썰물에 씻겨 흔적 없다
삶의 변곡점變曲點 마주하여
감내堪耐해야 했던 숱한 고뇌
되새김 되어 떠오를 때면
다른 선택 아쉬움 남아도
지나온 길 되돌리고 싶진 않다
이제 다른 이들 거쳐 간
평탄한 길 따라 걷다
지치면 다정한 벗 청請해
막걸리 한잔으로 시름 잊으리.

되돌아간들

세월 실어 나르는 돛단배
강바닥 말라 물 흐르지 않아도
바람결 타고서 한시도 쉬지 않고
가는 곳 모르고 마냥 떠간다

지나온 포구浦口마다 숱한 사연
새겨놓았어도 돌아가지 못하는 돛단배
달빛 젖어 지난 추억 떠올려보지만
퇴색된 아련함 스쳐갈 뿐이다

고정된 실체實體 어디에도 없고
옛 정취 세월 흘러 찾을 수 없는데
되돌아간들 지난 감흥 되살릴 수 있으랴.

두엄 되어

초록 물감 뿌려놓은 산야山野
둘러봐도 겨울 흔적 어디에도 없는데
성긴 머리카락 나풀거리는
늙은 갈대 탄천 가 듬성듬성 서있네

어린 갈대 덤불 헤집고 고개 내밀면
금방 쓰러질듯한 앙상한 늙은 갈대
어린 갈대 지켜주는 버팀목 되어준다

어린 갈대 키 크는 만큼
늙은 갈대 키 작아져
종내終乃 자식 위한 두엄 되고
폭풍한설暴風寒雪 이겨온
고난의 여정 막 내리는구나.

뒤안길의 옛 기억

옛 기억 모습 감춘듯해도
불쏘시개 부싯돌로 불 지피듯
한줄기 섬광에도 민낯 드러내고

동면冬眠 깬 기억
생채기 난 마음 자국
약손 스치듯 어루만져줘
마음의 시소 균형 잡혀라

뒤안길 접어들어 돌이켜본
어설프고 낯간지러운 기억
채워지지 않은 욕구의 앙금인 양
여정의 그림 속 한 귀퉁이 앉아있네.

뒷골목

빌딩 숲 가려진 땟국 낀 뒷골목
남루한 모습 누가 볼까
손바닥 햇살 겨우 찾아드는
동토凍土에 숨어 지낸다

번화繁華한 도심 대로변
네온 불빛 휘황하게 빛나고
군중들 밀려왔다 쓸려가도
백열등 뒷골목 외로운 섬 되어
길고양이 울음소리만 퍼져간다

연탄불 고기 익는 냄새 퍼져 가면
한량閑良들 몰려와 양은 잔 막걸리
통금 사이렌 울리도록 마시던
사랑방 정든 골목 선술집
언제나 다시 일어서려나.

멀어짐

보고 싶지 않으면 저만큼 멀어지고

궁금하지 않으면 아주 멀어지고

기억나지 않으면 영원히 멀어진다.

디딤돌 오늘

오늘 걸어간 발자국
오늘만의 자취 아니 어다
어제의 흔적 어려있고
내일의 갈길 가리키는 이정표이어라

오늘 청명한 날이면
어제의 날들 아련한 추억되어도
오늘 흐린 날이면
어제의 날들 아린 멍울 되리

오늘 걸어가는 한걸음
내일 위한 디딤돌 되어
밤하늘 수놓는 별빛 되기도
갯벌 속 망둥이 되기도 하거늘.

또 다른 시작

숙련된 손일 고심苦心 않아도

손쉽게 처리할 수 있지만

시작詩作 거듭되어도

매번 미로迷路 속 헤매는

고뇌 찬 또 다른 시작일 뿐

샘이 얕은 시작詩作 우물

퍼 올린 시구詩句 꼽을만한데

어느새 밑바닥 보이니

금맥金脈 찾듯 다른 우물 찾아

가없는 발품 팔아야 하리

고친 시詩 지난 뒤 다시 보면

어느 한곳 부족하여 아쉬움 남아도

고뇌만큼 잉태의 기쁨 커

지겨운 책상머리 떠나지 못한다.

로데오거리

줄지은 가게 쇼핑객 넘쳐나
황금 물결 넘실대던 로데오거리
변두리 시장 마냥 적막감 감돌고
쇼윈도 속 마네킹 졸린 듯 서있네

복합쇼핑몰 맹위猛威 떨치고
전자상거래 열풍熱風 몰아치니
토담 무너져 내리듯 로데오거리
옛 명성 빛 잃고 이끼 덮여라

피서철 도심 파장罷場 무렵 같은데
뙤약볕 가릴 곳 없는 로데오거리
오가는 행인들 발길마저 뜸하고
간간이 자동차 경적만 울려온다.

마음자리 걸레질

허물어진 담장 무너뜨리고
새 단장 할 수 있어도
과거의 옷깃 묻은 얼룩
지워도 흔적 사라지지 않는다

자갈길 삶의 여정 걸어가느라
추억 주워 담을 겨를 없었어도
닫힌 문 틈새로 간간이 얼굴 내민다

마음자리 걸레질 하다보면
가슴속 헤집는 지난 일
그럴 수밖에 없으리라 여겨지고

비온 뒤 연초록 잎사귀 같은
청정淸淨한 오늘 마주하리.

마장 마술하듯

간절한 소망 이루어지면
원하는 것 더 이상 없을듯해도
한해 지나 처지處地 달라지면
다른 바람 생겨 애태우리

삶의 여정旅程 길목마다
도사린 고비苦悲 넘어가려니
고갯마루 오르듯 숨차고
만만한 문턱 없어 가슴 조여라

줄지은 장애물 훌쩍 뛰어넘는
마장馬場 마술馬術하는듯한 삶
바라지 않는 이 없으련만

공덕功德 쌓지 않고서야 어이 바라리.

만추

서리맞은 농익은 홍시
간당간당 매달린
감나무 가지 끝 늙은 가을
겨울여행 봇짐 꾸린다

단풍 고왔던 돌담길
나무들 묵상黙想에 젖어있고

노인네 지팡이 소리
주장자拄杖子 내려치듯
잠든 낙엽 깨워 흩날린다

헐벗은 산야山野 진눈깨비 휘날려도
심저心底의 이야기 날개 펴지 못하고
낭떠러지 아래로 추락한다.

망각

머릿속 도서관 서가마다
분류된 지난 기억 꽂혀있고
연중무휴 대출창구 숨 가쁘다

재건축 기간 지난 낡은 도서관
찢겨진 책장 널려있고
책갈피 곰팡이 썰어도
리모델링 할 수 없다

머릿속 도서관 구석진 서가 꽂힌
손때 묻지 않은 먼지 쌓인 기억
끝내 찾는 이 오지 않으면
망각의 블랙홀 속으로 빨려들려나.

제 2부

메이지 않음에

통제된 시간 속 닫힌 나날들
보이지 않는 손 짓눌려
스트레스 껴안고 동침하였네

팽팽한 연줄 한껏 풀려
솟아오른 메이지 않는 연
보이지 않는 손 시야視野 벗어나
창공 휘젓고 날아다니네

사지四肢 붙든 보이지 않는 손
사슬 끊어져 운신 폭 넓어지니
먹구름 낀 영혼 해맑은 웃음 짓고
참나 찾는 여행길 떠난다.

물음표 미래

가면 쓴 물음표 미래
얼굴 보고파 다가서면
저만큼 멀어져 손짓하고
한치 앞 구름 속 갇혀 있네
역사의 수레바퀴 굴러간 길목
순탄한 삶 위인 드물고
베일 가린 미래 선고 따라
영광과 쇠락 교차하였네
해 뜨면 환한 미래 기대하다
노을 지면 어두운 과거되어도
물음표 미래 등에 업혀
신기루 향해 갈 수밖에 없음을.

미시령 옛길

꼬리 문 차량 행렬
이어지던 미시령 옛길
추억 여행객 간간이 찾아오는
파장罷場한 장터

시장통 전망대 휴게소
흔적 사라진 빈터
울음 섞인 강풍 몰아쳐
설악 정취 다 못 담고
떠밀리듯 발길 돌리네

연미복 차려입은 울산바위
수려한 자태 와닿는
연초록빛 미시령 옛길

굽이굽이 고갯길도
수채화 한 폭이어라.

미지의 앞날

미지의 앞날 종착역 정해져도
지나가는 노선 알 수 없어
의지 이끄는 이정표 따라 걸어간다

평온한 날 빗나가 힘든 날 와도
폭풍우 지나간 하늘 청명하기에
고개 들고 꼿꼿이 걸어간다

환호와 한숨 교차하는
미지의 도화지에 날마다
형형색색 그림 그려지구나.

민속촌

옛 고을 한 삽 떠 옮긴 민속촌
단풍 빛 한복 물결 넘실대고
산수화 속 이상향인 양
고즈넉이 자리 잡고 앉았다

나비처럼 사뿐히 날아올라
외줄 타는 어름사니 재주
달리는 말 한 몸 되어 펼치는
마상무예 넋 놓고 바라보다

전통혼례 피로연 열리는
장터 찾아 동동주로 목축이고
가마솥 장국밥으로 배불리니
고을 원님 부러울 것 없어라

거룻배 노 젓는 호수 내려다뵈는
정자 올라 한바다 대청마루 누워
오묘한 단청무늬 바라보노라니
묵은 번뇌 씻은 듯 사라지네.

민족의 젖줄

태백산 신단수神檀樹 기운 서린
낙동강 시원始原 황지못
가뭄에도 솟는 샘물 마르지 않아
칠백 리 낙동강 변 적셔준다
작은 연못 비롯되어
한민족 젖줄 이룬 낙동강
역사 속 숱한 애환哀歡 간직한 채
위풍당당한 모습 잃지 않고
억겁億劫 세월 유유히 흘러간다
낙동강 대서사시 물결에 싣고서
이 고을 저 고을 전해주며
철새 떼 벗 삼아 먼 길 가는
낙동강 얼굴에 황혼 물든다.

미래 터전

아이들 웃음소리

가득한 놀이터

미래여는 터전.

바비큐장

병풍 두른 울산바위 턱걸이하는
붉은 해 가쁜 숨 몰아쉬면
석양에 물든 바비큐장
숯불 연기 자욱하다

고기 익는 구수한 냄새
바람결 타고 퍼져가면
굶주린 들고양이 기웃대고
주고받는 술잔 속에 우정 깃든다

쳇바퀴 일상 벗어나 안긴
설악의 품속 고향 집 찾아온듯하고
밤하늘 수놓는 정담 쉬이 끝나지 않으리.

발걸음 멈추지 않으면

손쉽게 풀릴 것 같은 매듭
만질수록 헝클어져
짙은 장막帳幕 드리워져도
매듭 놓지 않으면 서광瑞光 깃들고
탄탄대로坦坦大路 열린다
막힘없이 질주해온 삶의 여정
넘어야 할 관문關門 막혀
한발도 나아갈 수 없으면
절망의 그림자 내려앉아도
구원의 손길 꿈길처럼 찾아온다
마차바퀴 진흙탕 빠져나오면
정해진 길 순탄順坦하게 굴러가니
지금 가는 길 험난해도
발걸음 멈추지 않아야 하리.

보름달

지하철 두더지 생활 길들여져
밤하늘 보름달 환한 얼굴
까마득히 잊고 지냈네

칠흑 같은 시골 밤길
달빛 벗 삼아 걷던 추억
세월가도 뚜렷이 남아있는데
불야성不夜城 도시 밤길 거닐다보니
달빛 그윽한 정취情趣 멀어졌네

베란다 창 걸린 보름달
단장丹粧한 고운 얼굴로
원래 그 자리 지키고 있는데
주름진 내 모습 바라보면
안쓰러워 고개 돌리지 않을지.

보이는 것이 다는 아니다

눈가림 치장에 가려진 허물
드러날까 까치걸음 걸어도
콘크리트 공간에 길들여진 근시안
콩깍지 씌어 참모습 보지 못하네

가식에 내몰린 순수
생쥐 되어 마루 밑 기어들고
허영이 주인 행세하는 명품 가街
유전자 변형 종種 상품처럼 넘쳐나네

불빛 쫓아 모여드는 나방인 양
허상에 현혹된 대중大衆
보이는 것이 다는 아님에도
남의 다리만 매만지고 있구나.

봄비 젖은 커피

촉촉이 봄비 내리는 날은
고즈넉한 산사山寺 찾은 듯하여라

묵은 겨울 흔적 남은
땟국 낀 창문 너머 대모산 자락
봄비 젖어 산수화 한 폭 이어라

어찌할 수 없는 시련도
느린 시간의 발자국에 묻혀가고
봄비 젖은 빈 가슴속
평온의 잔물결 일렁거려라

소리 없이 봄비 내리는 날
마시는 온기 깃든 커피 한잔
이보다 더한 호사好事 있으랴.

봄의 향연

겨우내 목피木皮 속 한편
자리 잡고서 동면冬眠 든 정령精靈
귓전 간질이는 춘풍에
가지마다 봉긋봉긋 새싹 틔우네

봄의 전령傳令 매화 향기
뜰 안 가득차고 시샘 많은 산수유
뒷동산 노랗게 물들이면
밭가는 농부 절로 흥겨워라

세상사 바람 잘 날 없어도
해마다 가만가만 찾아오는
사랑방 손님 봄의 향연
희망 깃발 휘날린다.

보살핌

머리 위 흰 눈 내렸어도

내게 의지하는 이들

빈 마음으로 보살필 수 있음

얼마나 큰 기쁨인가.

부유한 자

가진 물질 적지 않음에도
탐욕의 화신化身 사로잡혀
비렁뱅이 마음속 웅크리고 앉아
물욕의 늪 헤어나지 못하네

생존위해 필요한 물질
손꼽을만하고 나머진 장식품인데
가진 만큼 메여야함에도 많이만 바라니

가진 물질 많음에도 바라는 것 더 많아
결핍감缺乏感 짓눌린 이 가난한 자이고

가진 물질 적음에도 바라는 것 더 적어
충만감充滿感 가득 찬 이 부유한 자이다.

북구의 바이올린 협주곡

수난受難의 역사 점철點綴된
피지배 민족 애환 서린
북구의 바이올린 협주곡
신기神技의 연주자 현란한 기교
비수처럼 가슴속 파고든다

자작나무 숲 끝 모를
북구北歐의 황량한 벌판
늑대 울음소리 섞여
나라 잃은 백성들의 절규
단조곡에 실려 흐느끼네

오케스트라 협연
절정 향해 치달으면
폭풍우 몰아치는 음악의 바닷속
허우적대다 눈시울 적시노라.

비 적신 밤거리

비 적신 도시의 밤거리
전조등 불빛 조명 가설무대
우수 깃든 탱고 선율 흐르고
신파극 한 장면 되살아난다

시냇물 흐르는 아스팔트 도로
빗방울 행진곡 발맞춰 춤추는
밤의 요정들 군무 이어지고
젖은 가로등 사시나무처럼 떨고 있다

억수 비 내린 연민의 강
네온 불 등대 삼아 조각배 저어가는
사공의 눈언저리 이슬 맺혔구나.

비비꼬인 갈등

두 갈래 거센 물살
큰 내川 흘러 엉클어지지 못하고
평행선 이루며 제물 길 따라
곁눈질 않고 매몰차게 흘러간다
명주실 타래 갈등 비비꼬여
창과 방패 혈투血鬪 계속되어도
지향점指向點 극極과 극極이라
해소解消의 실마리 베일에 가리고
벌어진 틈새 커져만 간다
갈등의 불협화음不協和音
울리지 않을 수 없지만
엇박자 걸음 계속 걷다보면
전진의 행진곡 울려도
발맞춰 나아가지 못하리.

84

빠뜨린 것은 없는지

시간의 올가미 벗어난 만큼
후순위 밀려 마음속 변방 머무는
벗님들 불러 놀아볼 만도 하건만
내게 의지하는 손길 뿌리칠 수 없어
옹졸한 삶의 굴레 벗어나지 못하네
젊은 시절 분침의 노예 되어
돌보지 못한 소중한 것들 많았는데
늙으니 시침의 통제 벗어났어도
마음 따로 몸 따로 엇박자 되어
바람대로 안되는 것 허다하네
메이지 않은 생활 익숙해져
나태의 늪 헤어나지 못할까
헝클어진 옷매무새 고치고
빠뜨린 것은 없는지 살펴보네.

사미승의 기도

올 이도 갈 사람도 없는
두메산골 외진 암자
숯검정 어둠 내려앉으면
바람결 풍경 소리 퍼져나가
짙게 깔린 적막 깨뜨린다
저녁예불 드린 법당
연비蓮臂자국 채 가시지 않은
앳된 얼굴 사미승
장삼자락 흥건히 적시도록
지극정성 기도드린다
속세의 묵은 인연 뜬구름에
실어 보내고 피안彼岸의 언덕
넘으리라 다짐했건만
어머니 모습 어른거려 먼동터도
사미승의 기도 끝날 줄 몰라라.

서운함

기쁜 마음으로 주고

받으리란 기대 내려놓으면

마음속 서운함 깃들지 않으리.

산들바람

뙤약볕 그을려 검게 탄
먼발치 대모산 바라보노라니
천리향 품은 산들바람 불어와
서재 앉았어도 정자 찾은듯하네
찜통더위 연일 기승氣勝부려
종일 에어컨 바람 쐬다 보면
냉동창고 속 동태 된듯하리
인위의 작용 편리하다 해도
자연의 순리 거슬리는 일이니
녹음 짙은 동네 뒷산 올라가
흐른 땀 산들바람에 식혀봄이 좋으리.

산사 같은 도심 공원

보채다 잠든 아기 깨울까
숨죽여 내린 눈 쌓여
메마른 갈색 도심 공원
산수화 화폭에 담겨있다

바람벽 없는 공원에 서서
설한풍雪寒風 맞서는 나목裸木
덕장의 황태 되어가도
묵언默言의 수문장 마다하지 않네

탄천의 언 냇물 풀어지고
버들가지 물오르면
산사山寺 같은 도심 공원
연초록 물결 출렁이리.

생기 잃은 일상

가림막 없는 대로변
게으른 바람 불어 소금기 절여있고
더위 지친 일상 엇박자 불협화음 낸다

주어진 궤도 따라 맴도는 일상
여느 때와 다를 바 없어도
어둠이 지고서야 홍조 띤 얼굴들
무리 지어 바쁜 듯 걸어가네

검푸른 나무들 솟는 힘 주체못해
기세 좋은 하늘 향해 양팔 뻗고
사랑 간절한 매미 목이 쉬어도

생기 잃은 일상 담벼락 기대서있다.

생존

천길 낭떠러지 둥지
솜털 겨우 가신 어린 독수리
생사의 처녀비행 뒷걸음치다
날갯짓 사력 다해 솟아오른다

바닷가 갓 부화한 거북
숨돌릴 겨를없이 달빛 쫓아
어미 품속 바다 향한 행군
처절하다 못해 숭고하여라

종족보존 위한 생태계 사투
어느 한날도 쉼 없고
산 자는 죽은 자 몫까지 살아
생존의 고통 온몸으로 버티며
역사의 수레바퀴 돌리는구나.

설레는 코스모스

눈길 주지 않는 냇가
색동옷 차려입은 새색시 코스모스
발길 더딘 가을 손님 찾아오는
길목 지키는 다소곳한 전령傳令

범람한 냇가 진흙 쌓여
코스모스 씨앗 보이지 않았는데
어디 숨었다 고개 내밀고
저리도 고운 꽃 피웠는지

떠나는 여름 아쉬워 눈물짓는
장맛비 그치지 않아도
고추잠자리 찾아와 전해주는
가을 소식에 설레는 코스모스.

소낙비

마른하늘 천둥소리 울리고
먹구름 떼 지어 몰려와
폭포수 쏟아져 내리니
가뭄에 엉그름진 대지
구세주 만난 듯 환호한다
꽤 쩨쩨한 수목들
소낙비 샤워한 말쑥한 모습
보란 듯 으스대고 서있고
메말랐던 실개울 넘치는 물
주체못해 조잘대며 흘러간다
타들어가는 농작물 바라보며
애태우던 수심 찬 농부 얼굴
안도의 미소 짓게 하는 소낙비여!

성하盛夏

가마솥 도심 공원 찾는 이 없어도

끓는 피 벗나무 녹음 짙어지고

시한부 삶 매미 울음소리 애달파라.

소망의 비행

순번 없이 뒤섞인 잠재된 욕구
연신 두더지 고개 내밀 듯하고
같은 듯 다른 색깔 아우성
소망의 깃발로 승화되어 펄럭인다

획일劃一의 장벽 무너진 자리
다양성의 터전 자리 잡고
상충相衝된 집단의 소원
물러서지 않는 대립각 세워도
날개 단 소망의 비행 멈춤 없어라

세월 따라 옷 갈아입고
그 모습 달리하는 소망
해풍에 녹슬어도 근본 변치 않고
안개 속 등댓불 되어 빛나리.

소슬바람 불어오니

푸른 젊음 넘치던 나무
소슬바람 불어오나 싶더니
단풍 옷 입은 중년 부인되어
매미 떠난 빈 공원 지키고 있다

물구나무서던 분수
겨울 채비로 바닥 보이고
세발자전거 외손녀 태워 찾는 공원
짧은 해만큼 머무는 시간 줄어든다

가로등 불빛 저편 걸어가는
눈에 익은 나무 닮은 노인네
홍안紅顔은 어디다 전당 잡히고
그늘진 얼굴에 밭고랑 패였는지.

송년

불면증 걸린 전광판에
기억의 자취 나타났다 사라지면
벼랑 끝 달력 한 장
과거로 가는 통풍구로 빨려들고

거품 내뿜고 달려온 마차바퀴에
눌어붙은 게딱지 질곡의 자국들
눈밭 속 묻혀 하얀 손수건 흔드네

세월 실어 나르는 나룻배
강기슭 머물다 늘 그러했듯이
허리 굽은 묵은해^年 맞이하고
망각의 강 건너가노라.

수고로움 있기에

호미로 농사짓고서
괭이로 거둔 수확 누림에도
바라는 목소리 담장 넘어가네

장대壯大한 수고로움 내세워도
누군가의 수고로움 비하면
미약微弱하기 그지없음 알지 못하고
탐욕에 사로잡혀 길길이 날뛰네

누구에게 베푼 것 많다 해도
누구로부터 은혜 입음 더 크고

분수 넘치는 과도過度한 요구
누구의 수고로움 대가代價 앗아가는
놀부 심사心思일 뿐.

순수의 동경

덧칠에 가려진 내 모습 찾아
바람길 탄천 손끝 아리도록
무욕의 고행길 나서도
누더기 탐욕 벗어던지지 못하여라

단절의 벽 쌓고 좌선하여
마음의 성에 걷어내려 해도
소소한 일상 발목 붙들어
고요 속 평온 깃들기 어려워라

잿빛 도시 흰 눈 내려
백옥 빛 순수 뽐내는데
언제나 마음속 흰 눈 내려
눌어붙은 얼룩 자국 덮어주려나.

쉴만한 곳은

골바람 풍로風爐 속 빨려 들어
화염 휩싸인 대지 돛 내린 범선
떠다니는 적도의 무풍지대

용광로 도심 벗어나
찾은 피서지 계곡
넘쳐나는 사람들로 팻국 떠다닌
명절날의 대중탕

하안거夏安居 든 스님
이마 맺힌 구슬땀 무릎 적셔도
겨우 문틈으로 스며드는
실바람 이는 산사

쉴만한 곳은 어디인가?

수줍은 사랑

내 안에 숨은 사랑

문고리 흔들리는 소리에

빠끔히 고개 내민다.

신명시 身命施

이글거리는 불가마 속
좌선坐禪한 재벌구이 도자기
한점 욕망마저 불태우고
도공陶工의 혼 서린
백자로 환생還生한다
속세에 지은 죄 없음에도
연옥煉獄같은 불가마 속 갇혀
온몸 불사르며 보시布施한 도자기
지극정성 오롯이 담긴
순백의 그윽한 빛깔 품어낸다
형언할 수 없는 고귀한 자태
부처의 광명光明 어려
경외심敬畏心 절로 솟구치고
혼신魂神 다한 도공의 환영幻影
뚜렷이 새겨진 백자의 신명시
억겁億劫 세월 흘러도 잊히지 않으리다.

심술궂은 하늘

가뭄에 애태울 때
한줄기 비 인색吝嗇하더니
차고 넘치는 물 감당키 어려운데
구멍 뚫린 하늘 폭우 쏟아 붓는다
신들의 장난 터 하늘
고통 받는 인간 모습 즐기는 듯
심술 멈추지 않으니
곳곳에 자연재해 일어나고
원성怨聲 소리 더 높다
갈라진 논바닥 단비 내려
겨우 모심고 안도의 숨 내쉰 농부
강으로 변한 들판 바라보며
억장億丈 무너져 주저앉는다.

아기

아기 웃음
온 집안 근심 덜어주는
행복의 팡파르

아기 재롱
온 마을 기쁨 주는
서커스의 어릿광대

아기 걸음마
온 나라 희망 주는
개선의 행진.

아픔 자국 씻어주리

타는 목마름에 절규하던 대지
어렵사리 찾아온 봄비 젖어
웅크렸던 사지四肢 꼼지락거린다

기세등등하던 한랭전선
봄기운 턱밑 다가서 줄행랑친 공원
황갈색 나뭇가지마다 멍울 맺혀있네

절망의 골 깊어 숨 막힐 것 같아도
굼벵이 시간 흘러 흘러 가다보면
예기치 않게 가슴속 봄비 내려
시린 아픔 자국 씻어주리.

앉은뱅이 새

부딪히는 난관 굽히지 않고
무소처럼 맞서 왔으나
그릇 작아 이룬 것 미약하고
관계의 고리 얽혀 짐 벗어놓지 못하네

가지 적어도 바람 잘 날 없어
소심한 마음 번데기 되어가도
무심한 바위 되어 관계의 애달픔
차마 외면할 수 없어라

공유할 수 없는 오로지
네게 던져진 삶 충실하고 파도
관계의 담장 하도 높아
날개 접은 앉은뱅이 새가 된다.

양극화 여생

황혼의 노인네들 여생餘生
양극화兩極化 그늘 드리워져
여유로운 이들 취미 생활 하지만
가난한 이들 공원 벤치 앉아
무료급식 한 끼로 하루해 넘긴다
건강하고 풍요로운 노인네들
기력氣力 넘쳐 사회 활동해도
병들고 팍팍한 삶 노인네들
지팡이 의지하며 살아간다
백 세 인생 하루가 아쉬운 이들에겐
신이 내린 축복이어도
힘겨운 업보業報 한시라도
벗어나고픈 이들에겐
오랜 삶 그렇게 달갑지마는 않으이.

억새

모진 바람 홀로 맞서긴 너무 가냘파
빼곡히 집성촌 이루고서
바람결 리듬 맞춰 흰 수염 휘날린다

둥지 없는 텃새들 보금자리 되어주고
어린 새 조잘대도 얼굴색 변치 않고
찬바람 막아주는 파수꾼 되네

텃새들 전해주는 세간世間 소식
한 귀로 흘려듣고 바람결에 기우뚱대며
산새 울고 낙엽 흩날리는 두메산골
터줏대감 되어 길손 맞이하는구나.

오름과 내림

산이 아름다운 건

오름과 내림의 능선

가없이 이어졌음이듯

우리네 삶도 그러하리.

여름 이별 여행

먹구름 걷힌 푸른 하늘 목장
방목된 양떼구름 풀 뜯다
머문 자리 말끔히 흔적 지우고
하늘 언덕 너머 노을길 걸어간다

곰팡이 냄새 묻어나는 뒷골목
더위 가신 바람 장마 자취 걷어내고
찾는 이 없는 언덕배기 우편함에도
북녘의 굼벵이 가을 소식 전해지네

때맞춰 찾아오는 가을 손님
맞이방 새 단장 바쁜 틈에
행랑채 내몰린 기세 좋던 무더위
봇짐 꾸려 여름 이별 여행 떠난다.

역사의 상흔

지난 일들 망각의 늪 빠져 잊혀도

백의白衣에 물든 선홍빛 역사의 상흔傷痕

세월가도 한민족 가슴속 횃불 밝힌다

역사의 질곡 온몸 마주한 민초民草들

머나먼 이국異國땅 떠돌며 부른

한 맺힌 고향 노래 파도에 실려 오고

이념의 깃발 아래 이슬 되어 사라진

못다 핀 청춘의 절규 하늘가 맴돈다

오늘 우리가 누리는 평화로움

절로 된 것 아니고 선조들의 희생

벽돌 담장 쌓듯 층층이 쌓여

애달프게 이루어졌음 한시도 못 잊으리.

영랑호

동해물 넘나들며 빚어놓은 영랑호
역사의 수레바퀴 수백 번 닳았어도
고즈넉한 풍경 변치 않았네

영랑 화랑 풍류 깃든 이십 리
호수 둘레길 철새 떼 날아오르고
영랑호 수호신 범바위 버티고 앉았네

노 젓는 소리 들려 영랑호 바라보니
화랑들 뱃전에 기대어 찬기파랑가
부르는 모습 보일듯하다
갈대밭 속으로 사라지구나.

오죽헌

강릉 집 뒤뜰 오죽烏竹 심어
선비의 지조 일깨우고
시·서·화 두루 높은 경지 이룬
신사임당 흠모欽慕하는 오죽헌

양복 입는 시대 살아도
현모양처賢母良妻 표상表象
신사임당 존경심 퇴색되지 않으리

율곡 선생 성리학 통찰력
이우, 매창 빼어난 예술성
신사임당 수려秀麗한 자질
고스란히 타고났음이리

단아端雅한 신사임당 영정
참배하고 오죽헌 나서니
청아淸雅한 한줄기 바람
얼굴 스쳐 지나가는구나.

온기 가신 모닥불

갈림길 서성이는 방향 잃은 간절함
먹물 어둠 속 골방 갇혀
먼동터도 기지개 켜지 못하고
분노의 파도 휩쓸린 조각배여라

기다림의 터널 밝히던 모닥불
맥 풀려 가물거리다 사그라지면
조급한 마음 돌덩이 짓눌린듯해도
동토의 매화 피어날 기색 없어라

냉기 품은 빌딩풍 휘감는 도심
한줄기 온기도 느낄 수 없고
비둘기 모이 쪼던 보도 위에는
갈 곳 없는 낙엽 뒹굴고 있구나.

왕곡마을

육지 속 섬 같은 방주형 분지
명당자리 터 잡은 왕곡마을
북방식 전통가옥 수십 채
옛 모습 간직한 중요 민속 문화재라네
뒷마당 담장 높이 쌓아 북서풍 막고
대문과 앞마당 담장 헐어
폭설 인한 고립 피하였네
가적지붕 외양간 부엌 곁 두어
열 머슴 소의 동사凍死 막고
굴뚝 위 항아리 씌워
초가집 불날까 방지하였네
6.25 격전지 지척에 두고서도
전란戰亂 비껴간 은둔隱遁 마을
동학 횃불 타오르던
성지聖地 왕곡마을이여!

위장막 씌운 머리

머리카락 속 비집고 앉은 잡념
가위질에 잘려나간 머릿속
교통체증 풀린 고속도로 같고

물려받은 교복처럼 탈색된 머리카락
자개장롱 옻칠하듯 검은 물 들이니
꽤 쩨쩨한 중늙은이 간데없고
말쑥한 중년 신사 앉은 듯

은빛 여우 갈기 같은 백발
시베리아 벌판 황량함 연상되어
머리에 검은 위장막 씌우고
빠져드는 나르시스의 자아도취.

제 3부

은신처 무의식

불쑥불쑥 고개 내밀던 욕구들
절제의 무게 짓눌려 모습 감추고
꿈속 간간이 얼굴 내민다

커튼 가려진 가슴 할퀸 생채기들
세월의 약 듣지 않고
의식 언저리 맴돌다
무의식세계에 돗자리 깔면

비가시권非可視圈 무의식세계
인식의 범주範疇 벗어났어도
빙하 되어 의식세계 지배하구나.

의식의 각성

사진 속 정경情景
보이는 모습 그대로이지만
사물의 본질 드러나지 않고

오감五感 통해 인식된 형체形體
전체의 부분일 뿐 각성覺醒 없인
대상對象의 내면 꿰뚫어 볼 수 없어라

평정심平靜心 자리 잡고
고요 깃든 청정淸淨한 자리
사물의 참모습 가부좌 틀고
노랑나비 훨훨 날아오르네.

인연의 고리

인연은 흐르는 물이려니

거센 물살 휩쓸려 소용돌이 속
곤두박질한 지난 인연
기억의 끝자락 붙들고 안간힘써도
재회의 걸음 멎게 하는 단절의 벽
마주하고 발길 돌리는구나

인연은 스쳐가는 바람이려니

모진 바람 불어 낙엽처럼
짓밟혀 바스러진 인연
녹슨 철창 속 갇혀 학의 목 내밀다
출구 닫혀 웅크려있구나

인연의 고리 끊어지고 이어지는
삶의 여정에 수없이 신발 닳았어도
그리움의 앙금 쉬이 가시지 않는구나.

잊히는 별자리

먼지층 시루떡 쌓이듯 하여
별자리 가려진 도심 밤하늘
가로등 불 별빛인 양 어둠 밝힌다
휴대폰 불빛에 사로잡혀
별 헤는 밤의 추억 잊은 도시민
고국 잃은 난민처럼 가슴속
허황함 부둥켜안음을
언젠가 돌아갈 땅속
눈에 익혀 두려는 듯 번질나도
태고의 속삭임 들려주는 별자리 찾아
밤하늘 바라보는 이 없어
옛이야기 잊히는 장면 된다.

잔영

걸어 잠근 대문 빗장
폭풍우 몰아쳐도 얼굴색 변치 않는데
마음속 문고리 실바람에도 삐걱거린다

숱한 아픔 할퀴고 간 새가슴에
모래바람 너머 사장死藏된
애욕의 잔영殘影 고개 내미니
마음고름 한 가닥 풀어지네

석양 언저리 맴돌던 새 한 마리
심연深淵으로 추락한 자리
남포등 불빛 어슴푸레 보이고

날름거리는 동남풍 속으로
애욕의 잔영 빨려든다.

장지역

제등 행렬 이어지는 대로^{大路}

한파 몰아쳐 발길 끊기고

원시의 동굴로 회귀한 듯

사람들 넘쳐나는 지하철역

마주보기 서먹하여

휴대폰에 시선 꽂혀 있어도

빛바랜 훈장처럼 묻어나는 삶의 흔적

연신 포옹하는 연인 모습 보며

"그렇게도 좋아" 싶어

미소 머금고 나선 장지역

살에는 설한풍^{雪寒風} 맞이하네.

전광판 세월

신호등 없는 도로 무한질주 한 세월
지나간 괘적軌跡 곳곳에 남아
추억의 창 열고 고개 내민다

새벽녘 아기 울음소리 들렸는데
전광판 광고 스쳐 지나가듯
무심한 세월 흘러 흘러
노인네 기침소리 잠 설치게 하네

한사코 길 떠나려는 세월
잠시만 머물다 가라해도
모질게 뿌리치며 달려가니
뉘라서 막을 수 있으랴.

절기

사계절 경계 무너져
영화 속 조연助演 같은 봄, 가을
언뜻 얼굴 비추다 물러간 자리
주연主演 같은 여름, 겨울
차고 앉아 기세부려도
퇴색되지 않은 절기節氣
정해진 의미 무색無色하지 않게
때 되면 이름값 한다
음력 책력冊曆 따른 절기
세월 흘러 자연환경 달라졌어도
오차범위 벗어나지 않으니
조상의 슬기 실로 감탄스러워라.

정적

자동차 경적 어둠 속 빨려들고
정적靜寂의 커튼 드리워지면
자의식自意識 빗장 따고
빠끔히 고개 내민다
그물 되어 조여 오는
객체의 아우성 둘러싸여
움츠린 주체의 날갯짓
한줄기 섬광 되어 비상한다
정적의 돗자리 깔고 앉아
벌거숭이 진면목眞面目 마주하니
객체의 연결고리 끊어진 자리
파랑새 날아와 춤춘다.

조각난 꿈

쌍무지개 타고 앉아
거드름 피우던 젊은 날의 꿈

깔딱고개마다 한풀 기세 꺾여
압축기 눌린 듯 백지장白紙張 되어도
인고忍苦의 무게 떠받드는 버팀목
차마 마다할 수 없어

가슴속 한 귀퉁이
헤집고 앉은 조각난 꿈
꺼져가는 불씨 부둥켜안고
흘러내리는 바지춤 추스른다.

졸고 있는 빈자리

한여름 줄 잇던 냉면집
손님들 가을바람에 실려 가고
두루미 목 내민 주차원 얼굴
땅거미 지듯 근심의 그림자 드리운다

세 집 건너 한 집 간판 바뀌어도
죽순 돋듯 음식점 생겨나
관객 뜸한 극장 같은 홀 빈자리
조명 불빛 아래 졸고 있구나

오름의 비탈길 너머 낙원
동화 속 이야기로 남고
갯벌 빠져 허우적대는 자영업
진눈깨비 흩날려 앞날 기약 없어라.

청개구리 하늘

온종일 찌푸린 하늘
대성통곡 할만도 한데
쳐다보는 이 답답하게
무던히도 참고 있네

엊그제 해맑은 얼굴 으스대더니
그사이 마음 토라져 새침해진
종잡을 수 없는 하늘
원래 모습 짐작키 어려워라

푸른 하늘 쳐다보는 마음
거울처럼 가식 없고
흐린 하늘 바라보는 마음
성에 낀 안경 같아도
청개구리 하늘 어찌할 수 없구나.

침묵의 시간

이중창 걸어 잠그고
잠들지 않는 경적 차단하니
선방禪房인 양 침묵 내려앉고
흩어진 마음조각들 퍼즐 맞추듯
심저心底 제자리 찾아 가네
기계음 외부소리 마음 통로 막아
발 묶인 내면의 소리
침묵 속 정좌靜坐하니
기지개 켜고 걸어 나오네
마음속 속삭임 들려주는
침묵의 시간 가져봄이
평온 깃들게 하지 않을까?

콩깍지

마음 창 닫고 바라본 도심공원
미세먼지 뒤덮인 잿빛
마음 창 여니 봄의 절정 치닫는
신록의 향연

계절에 순응하는 도심공원
그 모습 변한 것 없으나
보는 이 마음 따라
천차만별千差萬別

마음 창 콩깍지 끼면
굴절된 허상虛像 가득하니
창 먼지 닦는 수고 마다 않으면
혜안慧眼 길러져 참모습 마주하리.

탄천의 봄

모진 북서풍 맞서다
허리 꺾여 쓰러진 갈대들
제 몸 가누기도 버거운데
움트는 새싹 돌보느라 여념 없어라

물 풀린 탄천 가
연초록 한복 차려입은 수양버들
수줍은 듯 고개 숙여 나풀거리면
텃새들 지지배배 장단 맞춰주네

봄비 내려 세수한 얼굴
노란 분 바르고 활짝 웃는
개나리꽃 흐드러진 탄천
겨울의 상흔 언제나 가시려나.

텃밭 가꾸듯

햇볕 잘 드는 텃밭이라도
김매기 소홀히 하면
잡초 우거져 황폐해지고

물욕 가득 찬 마음속 텃밭
갖은 채소 씨 뿌려놓고
햇살과 바람에만 맡겨두면
새싹 움트지도 못하리

무소유 비운 마음
감나무 꼭대기 걸려있어
손 뻗어도 닿지 않지만

욕심 적은 단순한 마음
텃밭 가꾸듯 하면 길러지지 않을까?

통일전망대

민통선 지나 온정리 가는 길
금강산 육로관광 막혔어도
통일전망대 찾는 이들 끊이지 않네

전망대 올라서니
천하절경 해금강 언저리
클로즈업되어 다가서고
철책선 끝 모를 인적 없는 청정해변
무심한 파도만이 넘나드네

삼일포, 총석정, 해금강
둘러보는 선경仙境 유람
꿈길에도 못내 그리운데
금강산 육로관광 언제나 열리려나.

통통배 딸아이

유람선 다가가 과일 파는
통통배 선실 지붕 위
담요 두르고 앉은 딸아이
잔영 남아 가슴속 헤집어라

편견 없는 밝은 햇살
온 누리 고르게 내려쬐어도
삶의 현장 드리워진 그늘
죄다 걷어 낼 수 없으니

짧은 해 떨어져 온기 없는
외곽지대 떠도는 영혼들
내뱉는 절규 삭풍에 묻혀가도
딸아이 해맑은 눈빛 가시지 않는구나.

퇴로 막힌 선택지

신기루 쫓는 하루살이
거미줄 걸려 꼼짝 못해도
강 건너 불구경 하듯 하고
끝 모를 장사진長蛇陣 이루구나

계층 사다리 매달린 개미
낭떠러지 떨어져 내려도
선택의 여지餘地 없어
고난의 행진 발맞춰 나가네

단기 처방전 쏟아내어도
변죽 울리다 모습 감추니
붉은 깃발 휘날리는 편향된 거리
갈 곳 없는 집시들 떠돌고 있어라.

폭염

길길이 날뛰는 폭염 열기
짓눌려 납작 엎드렸던 초목草木
밤기운 기대어 고개 내미는 가로수길

어둠에 업혀 온 바람결 타고
호프 잔 속에 입수入水하는
소금기 절인 느티나무 한 잎

어둠의 그물 조여와도
화기火氣 내뿜던 폭염
풀 죽어 잠자리 찾아드니
이내 들리는 호프집 문 닫는 소리.

푸른 야생의 탄천

화장기 없는 민낯
푸른 야생 꿈틀대는 탄천
초목들 뒤엉켜 제멋에 살아도
짜 맞춘 듯 흐트러짐 없어라

갈대밭 큰 마을 이룬 틈새
야생화 마을 소담스레 자리 잡고
텃새들 재잘거림 이어지는 탄천
고난의 행군 그칠 날 없어도
무위無爲의 깃발 나부끼네

인위人爲의 손길 멀어질수록
생기 더욱 넘치는 탄천
형식 벗어나 거침없어도
순리順理에 어긋나지 않구나.

풍랑 잘 날

자연 닮은 인간 마음
시시때때 날씨 변하듯 하고
항구에 닻 내리지 못해
미풍에도 풍랑인다
궂은 날씨 성화 부려도
아랑곳하지 않는 자연
계절 바뀌면 그 모습 달리하니
자연의 리듬 따르는 인간 마음
얼굴색 바꾸지 않을 수 없지만
삭풍에 나뭇잎 떨구고도
심지 깊은 자연 의연하지만
잔가지 흔드는 바람에도
소심한 마음 의기소침해지니
어찌 풍랑 잘 날 있으리.

풍요

적색 신호 뉴스 쏟아져도
쇼핑몰마다 상품 넘쳐나고
연일 해외여행객 미어진다

먼지 쌓인 비포장도로
공휴일 잊고 일터 다닌
근검절약 미덕 삼던 시절 잊히고
거리마다 풍요의 물결 넘실댄다

생활수준 높아졌다 해도
희망 사다리 끊어지고
설레는 앞날 기약 할 수 없어
궁핍했어도 마음의 풍요
깃들었던 시절 그립구나.

프리지아 한 다발

냉기 채 가시지 않은
선방禪房 같은 서재 찾은
다소곳한 새색시 프리지아
샛노란 미소, 그윽한 향기
꽃샘추위 저만큼 밀어내네

백화점 꽃가게 기웃거리다
발걸음 돌려 빈손으로 오는 길
용달차 실린 프리지아 한 다발
품에 안고서 종종걸음 달려온

애틋한 아내의 사랑
프리지아 향기 섞여 전해지구나.

행복한 삶

소소한 일상의 즐거움

거듭되어 쌓이면

행복한 삶.

하노이

난마亂麻처럼 얽힌 오토바이 행렬
곡예 이어지는 하노이 거리
난장판 같아 보여도
교통 흐름 물 흐르듯

북새통 재래시장 모퉁이
길거리 찻집 쪼그려 앉은 모습
무척이나 안쓰러워 보여도
안식의 편안함 전해짐을

조명 고운 문화의 거리
젊음의 물결 넘실대고
건설의 고동鼓動 지축地軸 흔드는
활화산 에너지 용솟음치는 하노이.

하롱베이

어느 장인의 걸작인가
가없는 섬들 병풍 친 듯 둘러싸
잔물결 잠든 하롱베이
유람선 띄우고 물결 따라
천계天界로 흘러드니
눈길 가는 곳 선경仙境 펼쳐지고
비파소리 바람결에 들려오네
동굴 밖 호젓한 호수
태고의 자취 어려있고
노니는 신선 모습 보일듯하여
속세에 찌든 번뇌 물러간 자리
무위無爲 깃들어라.

한곳 집중

클래식 음악 감상

머릿속 잡념 꽈리 틀고 있으면

감흥感興 고사姑捨하고

한 소절 멜로디도 들리지 않고

단계석端溪石 벼루 그윽이 먹 갈고

백추지白硾紙 가지런히 펼쳐 놓아도

정신 집중하지 않으면

붓끝 살아 움직이지 못하리

장인정신 깃들지 않은 예술 없는데

타고난 자질 범상凡常 함에도

한곳 집중하지 않고서야

예인藝人의 반열班列 어이 바라겠는가.

한밭

승천昇天하지 못한 계룡鷄龍
비단 폭 감싸듯 금강 굽어 돌고
도읍지 품을 넉넉한 한밭
지평선 아득히 펼쳐있네

금남정맥 정기精氣 모인
천하길지天下吉地 계룡산
기암괴석 연봉連峰 사이로
아홉 계곡 세 폭포 어우러져
빼어난 자태 신성하여라

온천수 몸 담가 심신 풀어주고
참배객 줄 잇는 동학사 찾아가니
대웅전 머리이고 선 돌담
정겹게 안겨 오는구나.

해질녘

뻘겋게 달구어진 뙤약볕
해질녘 어스름에 고삐 끼워 가면
손풍금 소리 물결 타는
느티나무 터널 길

어제나 오늘이나
거리 풍경 변함없어도
낙조 물든 행인들
무리 지어 지나간 보도 위
흩날리는 백팔번뇌

아궁이 장작불 모두숨 몰아쉬면
땅거미 진 수리산 자락
예불소리 퍼져가는 해질녘 거리.

향불 끄지는 줄 몰라라

녹음 드리워도 가벼운 짐 진 듯
늠름하던 나무 삭풍 불어
한 잎 나뭇잎도 무거운 듯 떨구고서
수도승인 양 묵상에 잠겨있다

삭풍에 쓸려가는 것
어디 나뭇잎뿐이랴
삼라만상 티끌처럼 가벼워
한줄기 바람에도 흩날리는걸

죽은 듯 서있는 나무
봄 오면 새싹 틔워 기지개 켜지만
도솔천 건너간 임 다시 볼 수 없어
눈물방울에 향불 끄지는 줄 몰라라.

허무한 벚꽃의 절정

울음 삭인 기다림의 날들
벚나무 껍질 갈라진 틈새마다
흉터 자국으로 남아있는데
엊그제 만개滿開한 벚꽃
화사함 으스대더니
한기寒氣 서린 봄비 젖어
눈부신 자태 간데없구나
극치極致의 황홀함
찰나에 지나지 않는다 해도
혜성처럼 사라진 벚꽃의 절정
되돌려 놓을 수 없어
못내 아쉬움 남음을.

허수아비 행렬

흐르는 세월 사물의 겉모습
주름 지워 낯설게 여겨져도
각인된 이미지 석고상 같아
풍파 거세도 원래 모습이어라

생긴 모습만큼 생각 다른 인간
검은손 유혹 포퓰리즘에 빠져
닮은꼴 판박이 생활 젖어
저만의 삶 색깔 잊어가네

풀 한 포기, 나무 한 그루에도
짙게 묻어나는 뉘앙스
존재의 경이로움으로 와닿는데
잿빛 거리에는 남 따라 걸어가는
무채색 허수아비 행렬 이어지도다.

호젓한 산책

축사 속 야생마
뛰쳐나가려 발버둥 치듯
쳇바퀴 일상 찌든 도시민들
비상구 야외 향해 달려가네

강바람 얼굴 스치는
북한강 드라이브 코스 곳곳
맛집 찾은 나들이객 넘쳐나지만
안식 깃든 쉴만한 곳 드물어라

햇살 좋은 강촌의 아침
몇 발짝 걷지 않고 안아달라는
외손녀 손잡고 연꽃 핀 둘레길 산책
이 보다 더한 호젓함 없으리.

홍강 삼각주

흙탕물 홍강紅江 수천 리
굽이굽이 흘러 이룬 삼각주
기름진 들판 빚어 놓았다
들녘 드문드문 자리 잡은
주황색 지붕 농촌 마을
어귀마다 묘지 빼곡히 들어서
현세와 내세의 공존 이루네
누렁소, 물소, 낙타소
한가로이 풀 뜯는 들녘
개발의 광풍 몰아쳐
흙먼지 뿌옇게 쌓인
젊은이들 떠난 마을
노인네 남아 텃밭 가꾸는구나.

홍매화 핀 고궁

초대장 보내지 않았어도
홍매화 피어난 고궁
고귀한 자태 이끌려온 이들
뜰 안 가득 차고 넘쳐라

미세먼지 숨 막혀도
꽃 중 군자 홍매화
그윽한 향기 내뿜으니
무표정 얼굴에 미소 번져라

갈 길 바쁜 짧은 봄 무리 섞여
넋 놓고 홍매화 바라보다
화들짝 놀라 잰걸음 재촉하구나.

화안사

속세의 묵은 인연 벗어놓고
불국佛國의 땅 옌트산
골짝마다 절집 짓고
수행정진修行精進한 고승들
자취어린 사리탑 줄지은 화안사
케이블카 타고 오는 신도들
헤아릴 수 없이 많아도
우리네 대갓집 사랑채만한 대웅전
소담스레 자리 잡고 있다
염불念佛하는 스님도
불전佛典 지키는 보살도
보이지 않는 산사山寺
계단 오르내리는 관광객들
발자국 소리 적막 깨뜨린다.

흔들리는 여린 마음

마음속 산문山門 걸어 잠그고
등불 밝혀 파수꾼 세워도
불청객 찾아와 깃들지 못하는 일념一念

오감五感 따라 춤추는 여린 마음
반석盤石되어 한자리 지킬 순 없지만
절제의 방 머물게 하고파도
외풍 거세 붙들어 둘 수 없구나

밤비 젖어 헤매다 지친 마음
기댈 곳 찾아간 산사山寺
백발 노승 염불 소리 들려와
원래 마음 깃들어라.